Felix Wetzel
WEISSE FLAGGEN

1.Auflage November 2023

Veröffentlicht im Trabanten Verlag
Berlin, November 2023
Copyright © 2023 by Trabanten Verlag
Alle Rechte vorbehalten
ISBN: 978-3-98697-055-0

www.trabantenverlag.de

Felix Wetzel
WEISSE FLAGGEN

Trabanten Verlag Berlin

„Can't believe the way we flow"

‖ nachrichten die ich gern bekommen würde #1

ich verzeihe dir
komm vorbei
ich habe nichts an
außer meinem lasagneofen

.fv.

‖ nette lügen und ihre übersetzungen

(1)

du bist meine sonne

puh niemand braucht noch eine sonne
dinge verbrennen dann

(2)

das fühle ich

ich hab keine ahnung was du meinst
aber vermutlich tut dir was weh
du bist der pazifik ich die spree
du bist unendlich in mir liegen fahrräder

(3)

wir haben uns auseinander gelebt

wir reiten mit dreihundert kmh
auf einer poly beziehung heulend durch eine
stadt in der niemand weiß wie bleiben geht
und es nicht genügend bezahlbare wohnungen
für neuanfänge gibt   .fv.

|| gedichte brauchen titel

irgendwie hast du schmetterlinge in meinem
bauch gemacht und meine magensäure
liebt ihre kleinen flauschigen köpfe

du hast mir sehr rote rosenblätter aufs bett
geschüttet aber ich bin allergisch dagegen
und ich wäre gern nicht am hals
angeschwollen

du hast mir ein gedicht geschrieben aber es
war heftig von erich fried geklaut
es ist was es ist sagt die liebe
was der scheiß soll frag ich

nee ich brauch dein blut in meinem mund
deine hand in meiner arschtasche und die
ewigkeit zerteilt in ein paar schöne
gebrochene versprechen

.fv.

|| ich bin eine leinwand, die schon relativ voll ist

meine tätowiererin zieht linien in mein leben
die ich selbst niemals ziehen würde
sie kriegt kurven aus denen ich fliege
wenn sie mein blut vergießt
schlafe ich abends zufrieden ein

das leben ist ja allgemein sehr viel
aber eben auch 120 stiche pro sekunde
blut und tinte miteinander vermischt
und die erinnerung an das surren in der luft
während ich die kontrolle verlor

.fv.

|| gewöhn ich mir ab #9

bei whattsapp schauen
ob dein profilbild nicht mehr grau ist
riesen quatsch
in der social bibel steht im kapitel
zuckerberg meta 12:26
wenn dein gott dir nicht mehr schreibt
glaubt er nicht mehr an dich

.fv.

|| skalitzer straße

In einer Sommernacht fahre ich durch die Stadt. Nicht zu schnell. Und halte die Hand aus dem Fenster.

Die Lichter, die Stimmen, die warme Luft. Sie bleiben auf der Haut. Es duftet nach Nacht. Und ich fahre noch einmal um den Block.

Ich komme vielleicht an dir vorbei. Mein Arm hängt draußen auf dem Blech und schaut sich um. Irgendwo in dieser warmen Luft atmest du gerade aus.

Der Song matched meinen Beat. Der Asphalt hält mich aus. Ich fahre heute nicht heim. Wo ist das überhaupt. Ich schlafe hier, wo alle sind, auch du.

In einer warmen Sommernacht leg ich mich in einen Schatten. Den Kopf auf meinem Arm. Alles andere ist da draußen.

.fv.

|| a lot of fucks were given

meine töchter ziehen meine hoodies in die
schule an
niemand drängelt sich bei ditsch vor
auch wenn ich kleingeld suche
wenn ich warschauer kurz an früher denke
hat man hinter mir auf der Rolltreppe
geduld

das leben tut was es kann für mich
und dann heul ich plötzlich doch in der u1
nach krumme lanke als wir gerade über die
oberbaum fahren und der frau gegenüber
ist das zu viel denn es ist erst neun uhr
morgens
ich setze meine sonnenbrille auf weil
läuft bei mir

auch wenn du das glauben musst
mir geht's nicht besser ohne dich

.fv.

|| großmutter hat immer nur angerufen wenn sie betrunken war

meine eine oma liegt mit 19 anderen in
einem grab
die kennen sie alle besser als ich
auf fotos hat sie schatten unter den augen
in ihrem schatten lebe ich
man sagt sie war kein kind von traurigkeit
dafür war ich das dann
sie hat gern viele zigaretten geraucht
aus ihrer asche bin ich gekommen

familie ist
an nichts schuld sein
und es trotzdem besser machen müssen

.fv.

|| wenn man der richtige ort zur falschen zeit ist

die zeit läuft aus meinen schuhen die straße
hinunter bis ins zentrum unserer stadt
die zeit kondensiert am hausbierglas und
macht kreise auf dem schweren holztisch
die zeit die zeit war noch nie mein freund
sie ruft nicht zurück und redet hinter
meinem rücken
die zeit ist der letzte gast am tresen der sagt
diese runde geht auf mich und dann heimlich
abhaut

du sagst alles was du willst ist zeit mit mir
ich sag ach ja wär das schön bae
wenn aus meinem feuerzeug die antwort
auf deine kalten füße käme

.fv.

|| nichtschwimmer

Ich war heute schwimmen in der Krummen Lanke. Ein langer dunkler See in einem grünen Wald am Rand der Stadt. Ich ziehe eine Bahn und atme langsam aus. Da sagt der See zu mir:

Gestern war sie hier. Die eine, die du liebst. Erst ist sie eine Runde geschwommen. Dann hat sie an meinem Ufer gesessen und ein paar Steine in mich geworfen. Gelächelt hat sie dabei.

Sie hat zu mir gesagt: Wenn er kommt, sag ihm es geht mir gut. Sag ihm er soll seinen Stein ins Wasser werfen und dann sehen, wie viele andere Himmel es noch gibt, außer mir.

Sag ihm ich bin frei und dass ich dem Wind seinen Namen gegeben habe. Sag ihm, dass ich dankbar bin. Sag ihm, dass ich der Himmel bin über seiner Erde. Sag ihm, ich bin da.

Sag ihm, dass man nicht beieinander sein muss, um etwas zu sein. Sag ihm wir sind gewesen und dass sich die Häuser dieser Stadt unsere Geschichte erzählen.

Sag ihm, dass ich aus den Tiefen aufgetaucht bin. Dass ich atme und mir endlich Luft zum Singen bleibt. Sag ihm, wie schön ich aussehe. So schön sehe ich nur aus, wenn er mich nicht sieht. Sag ihm, dass ich endlich schwimme.

Dann schweigen wir, der See und ich. Ich sehe den blauen Himmel an und gehe hinein. Unter mir wird das Grün zum Schwarz. Ich stelle das Strampeln ein. Lass mich in die Arme der Lanke sinken. Und sage dem Wasser: Wenn du sie siehst, sag ihr Danke, und dass ich endlich nicht mehr schwimme.

.fv.

‖ Kit Kat

im swingerclub in meinem herzen
ist happy hour
ja ich hab angst
aber fuck it

.fv.

|| rebellion beginnt mit der krankenkassenkarte

wenn meine therapeutin spricht
hör ich das universum in der ziersandschale
rauschen
ihr teppich passt zur tapete zum ziersand zum
himmel und sie redet über
anpassungsstörungen

was sie nicht erwähnt ist
dass nicht klar ist wer sich hier wem nicht
anpassen kann
ich mich nicht der welt
oder sie sich mir nicht
und ob es dagegen was gibt
das nicht aufgeben ist

.fv.

|| wegen sowas hier hat mich das literaturinstitut bestimmt abgelehnt

also es ist ja so
alle orte auf der welt existieren ja
gleichzeitig sie sind alle immer da
man müsste nur hin aber man kann ja
nur immer an einem ort sein nämlich bei
sich

was ich sagen will
du bist an deinem ort ich an meinem
die ganze welt liegt da und hat orte
und wir könnten uns ja einfach auch mal
an einem treffen und da bleiben eine weile

also was ich wirklich sagen will
ich schau immer so herum und ich komm
ja viel rum und überall sind orte wirklich
überall sind die orte an denen wir nicht
zusammen sind
was völliger schwachsinn ist

.fv.

|| hab ich nich drum gebeten #1

warum muss ich an mir arbeiten
warum kann ich nicht an mir ausschlafen
und einen kaffee trinken gehen
ich bin gegen das gefühl
mich verdienen zu müssen

.fv.

|| nothing compares 2u

Die Sonne nicht, wie sie jeden Morgen aus dem Boden kommt. Der Wind nicht, der sich in den Bäumen verirrt. Der rote Sprizz nicht, der mir aus den Augen läuft. Die Stadt nicht, die nicht auf mich gewartet hat. Die Uhr, deren Zahlen rückwärtslaufen wollen.

Die sagen das geht vorbei, so wie ein Sommer vorbei geht. Ein Sommer, nach dem noch viele kommen. Sie sagen das ist normal. So wie es normal ist, dass manchmal die Erde bebt oder das Meer an Land kommt.

Seit du weg bist ist nicht mehr wie vorher. Alles gibt sich Mühe. Alles ist noch da. Aber es fliegt lose herum. Nichts hält die Sachen noch zusammen. Die Therapie nicht. Der Cremant nicht. Der Bass nicht. Keine Hand hält mich. Alles hält gerade so.

Ich geh dann raus und seh den blauen Himmel. Ich lache wen an. Mein Life Coach hat gesagt, ich soll meinen Lieblingssong anmachen und mich hineinhören. Ich mache Sinéad an und heul in mich hinein am Schlesischen.

Die Welt ist ein Stück verschoben. Alles
noch da. Nichts mehr an seinem Platz.
Wie ein großer schwerer Schrank, den
ich allein nicht tragen kann. Es geht
schon so. Aber ich erkenne nichts wieder.
Alles verrückt. Und in dem Schrank sind
nur Sachen, die auf dem Flohmarkt in der
Kiste für einen Euro landen.

Denn nichts ist wie du. Das ist so. Aber
auch ich bin nicht mehr ich. Ohne dich.
Und warum sollte ich es auch noch sein.
Kein
ver gleich für immer.

.fv.

|| tinderprofiltext den ich gern lesen würde

bitte swipe mich nach links
ich will allein sein
wollte nur kurz dabei gesehen werden
keine one night stands, ich mags
wenns hell ist

.fv.

|| heimat („Grauer Beton" Remix)

Zwischen den Gehwegplatten beißt sich das Grün durch den Kitt mit zarten Blättern. Kleine Risse haben sich im Stein gebildet. In grauer Soße hebt sich der Block in den Himmel, aber kommt nicht ran. Bei Regen werden die Platten dunkler. Bei Licht ändert sich nichts. Für die Haustüren braucht man keinen Schlüssel. Die Scheibe wackelt im Holz, wenn sie zufällt. Wenn man abends im Bett liegt und das Fenster offen ist, wird man wieder wach.

Es gibt keine Gegensprechanlage. Die Kinder warten nachmittags auf den Bordsteinen mit ihren Schulranzen auf ihre Eltern mit den Wohnungsschlüsseln. Sie malen mit Kreide auf den Boden oder ritzen mit Bleistiften Buchstaben in den Dreck. Wenn es regnet sitzen sie unter der Treppe. Die Ratten müssen dann woanders fressen. In den sechsten Stock im Plattenbau läuft es sich nicht leicht. Die Plastiktüten mit den Einkäufen teilen die Haut zwischen den Fingern. Wenn man nicht schnell genug läuft, geht nach dem vierten Stock mitten auf den Stufen das Licht aus. Die Spione

leuchten wie weit entfernte Galaxien, hinter
den Türen schlurfen die Hausschuhe auf
dem Linoleum.

Gegenüber im Hof zerfällt eine alte Fabrik.
Die Wende, keine Arbeit, keine Wände.
Wenn der Wind weht fällt auch mal ein Glas
aus der Fassung. Die Tauben fliegen dann
eine Runde. Im Sommer flattert die
Bettwäsche an den Leinen. Sie riecht nach
etwas, das nicht echt ist. Fußbälle machen
darauf langgezogene Flecken. Im Hof ist
Parkverbot. Zwei Männer waschen trotzdem
ihr Auto neben der Teppichstange. Es gibt
keinen Gulli für ihr schmutziges Wasser.
Die Lache breitet sich langsam aus, die
Bordsteine sind die Ufer. Der Schaum bleibt
noch, als das Wasser längst fort ist. Wenn
man sich an die Wäschestange hängt und
loslässt, schlägt man sich die Knie auf. An
einem Sonntagmorgen entdeckt ein Nachbar
Kratzer am Lack. Vom Kotflügel bis zum
Heck, beidseitig. Grauer Lack steigert den
Wiederverkaufswert.

Seine grauen Trainingshosen blähen sich auf
vor Wut, vor allem an der Hüfte. Die Kinder
sind Schuld. Er würde ihnen gern eine
Tracht verpassen. Wenn es seine Kinder
wären, würde er das tun, sagt er oft. Sind sie
aber durch einen Zufall nicht. Seine Frau

schaut aus dem Fenster und trägt
Lockenwickler. Sie trägt Kittel.
Abends schlägt sie oft mit dem Besenstiel
gegen die Decke. Aber stiller wird es
deshalb in ihr nicht.

Die Kinder im Hof kennen sich. Die Platte
verbündet. Jeder hat schon einmal mit jedem
gespielt. In den Ferien ist manchmal keiner
da, keine Wahl. Da gibt es sonst nur die
Wohnung und die Buden haben niedrige
Decken. Die Platte verbindet. Die
Spitznamen auf dem Hof verteilen die
stärkeren. Die Hosen der schwachen fallen
wie die Blätter im Herbst. Die Mädchen
kichern, aber wissen nicht, wieso. Sie sagen,
bei ihnen dürfte man das nicht. Wer Pech
hat ist dick. Wer Glück hat, ist dick und
lustig. Glück ist eine Tauschwährung im
Hof.

Wenn schlechtes Wetter ist, werden die
Schutzbleche an die Fahrräder geschraubt.
Die Außenseiter haben oft die schönsten
Räder, ihre Lenkerstangen glitzern in der
Sonne. Sie fahren lange Runden um das
Haus, manchmal zu zweit. Sie reden über
was, aber sie gehören nirgendwo hin. Vorn
sitzen die Eltern auf dem Balkon und
schauen auf sie hinab. Hinten schauen die
anderen. Die Rosenbeete töten die

Gummibälle der Kinder. Die Eltern kaufen dann einen neuen für das Opferkind, wenn sie noch Arbeit haben. Wenn nicht, schieben sie die Schuld auf jemand anderen. Jeder schießt irgendwann in die Dornen. Nur ein paar bleiben immer oben in ihrem Zimmer. Wer abends zuerst hoch muss, wird kein Anführer.

Wenn einer auszieht, schauen immer alle, wer nachkommt. Erst sind es Familien. Mit drei Zimmern und Plänen. Später immer wieder Menschen, die mit Pistolen zwischen Tür und Rahmen hindurch fuchteln. Mit Rosenpapageien auf den Schultern. Mit Rollstühlen und Stützstrümpfen. Mit Ringen unter den Augen. Die nicht die Tür öffnen an Fasching. Manche sterben, bevor man sie am Müllplatz getroffen hat. Manche rufen abends die Bullen, ohne vorher was runterzurufen. Mopeds werden in den Hauseingängen geputzt. Ein Trabant wird lila angesprüht, im Handschuhfach liegt eine Gaser. An den Wochenenden knallen ab 21 Uhr die Fenster zu. Im Papierkorb mit dem Mantel aus Stein brennen Zigaretten runter.

Die Eltern sagen den kleinen, dass sie nicht bei den großen Kindern stehen sollen. Im Rauch entsteht der Nebel in den Köpfen. Ein Vater nennt seine Tochter vor allen anderen

Bombe, weil sie mal in den Sandkassen geschissen hat. An Wochentagen bleiben viele zuhause. Kissen werden auf Fensterbretter gelegt. Die Pelargonien werden gegossen und tropfen auf heiße Bordsteine. Die Haare werden im vierten Stock grau, auf dem Dach wellt sich das Blech, unten auf dem Hof bilden sich Glatzen. In der Sommerhitze wird der Kitt in der Fassade so heiß, dass man die Steine herauslösen kann. Sie fliegen in die Scheiben der alten Fabrik. Risse entstehen. Im Glas und sonst.

Wer kann sucht sich Freunde in anderen Höfen. Sitzt auf anderen Bänken, rotzt auf den Weg und hört die gleichen Sprüche. Am Ende landen alle wieder hinter der Platte. Das Gemurmel auf dem Hof an sonnigen Samstagen wird leiser. Das Geschrei abends im sechsten lauter. Mit dem Hund gehen, aufs Amt, zur Poliklinik, auf die Couch, das sind die Tage. Wenn man bei Regen aus dem Fünften ganz nah an der Hauswand einen langen Faden nach unten spuckt und einen Kopf trifft, fällt das nicht auf. In grauen Locken glitzert die Rotze auf dem Scheitel der Nachbarin vor dem Fernseher. Der Dackel muss raus und bellt jeden Abend im Treppenhaus. Das Echo hört man morgens noch. Die Freunde von früher bekommen Muskeln hinter der Stirn. Das Lachen klingt nach Pitbulls. Es geht jetzt gegen die, die noch schwächer sind. Oder anders. Manche kaufen sich Handschuhe mit Quarz in den Knöcheln. Andere verschwinden für Tage im Wald und sind danach nicht mehr wie früher. Einen fanden sie nackt in der Scheune. Ein guter Junge war das. Ein erster Kuss bei den Mülltonnen wirkt ein Leben lang. Herzen aus Beton brechen nicht leicht. Aber es kommt auch schwer was durch.

Als die ersten mit der Schule fertig sind, fängt sie für die anderen erst richtig an. Plötzlich führen Wege in verschiedene Richtungen um den Block. Die einen gehen in die Lehre, die anderen brechen ein, weil sie sonst nicht wissen, wie sie die Leere füllen sollen. Die U-Haft ist gegenüber auf dem nächsten Berg. Sie haben vor die Wand mit dem Stacheldraht noch einen Zaun mit Stacheldraht gebaut. Niemand kommt raus, manche wollen sogar rein. Weil alles seine Ordnung hat, sagen die, die wieder raus ins Chaos müssen. Wenn man mit den Insassen reden will, muss man auf den Schulhof eines Gymnasiums. In der Hofpause auf einen Schnack mit den Mutmaßlichen. Bis runter an den See reichen die Rufe nicht. Die

Eltern sind keine Vorbilder. Die meisten
wissen seit der Wende nicht wohin.

Wenn sich viel verändert, findet man sich
selbst schwer. Um die Platte wird es still,
das Leben ist weitergezogen und hat sie alle
dort gelassen. Ein gebrochenes Versprechen
in Beton gegossen. Im gelbroten Licht der
Straßenlaterne reißen Gräben, die die Stadt
nicht zuschütten kommt. Der gelbe Zaun der
Schule gegenüber rostet. Die Kinder sind
aus ihm raus gewachsen. Die Turnhalle der
Schule abgerissen. Nicht genügend Kinder.
Gegenüber der Schule stürzen Träume aus
dem fünften. Niemand hilft einem, sagen die
Leute bei einer Kippe. Aber es geht auch
niemand los, Hilfe holen. Wenn der
Umzugswagen endlich kommt, schicken die
Nachbarn die Kinder zu den Großeltern. Die
sollen nicht im Ausweg stehen. Als die
Wohnungsbesichtigungen Ende der 80er
waren, bevor der Block massiv war, da war
alles weich. Das Erdreich türmte sich, Steine
lagen auf losen Stapeln, Baggerfahrer setzen
sich ihre gelben Helme auf. Die Hügel sind
jetzt flach. Über allem wächst Gras.

.fv.

‖ echoooo omg

du klingst nach
als wär mein körper ein aufgewühltes
alpental in das die einsamkeit
die abendstille hinein ruft

dieser klang hilft mir wenn ich mich
im angesicht des zeitvergehens ängstlich
frage ob ich noch da bin

während also dein echo zwischen meinen
abgründen hin und her jagt sitz ich
auf dem gipfel des augenblicks mit freier
sicht und suche am horizont nach
nichts mehr

.fv.

|| was heute gut war #3

hab hoch auf eine wolke geschaut
lang überlegt ob sie ein penis oder eine
rakete ist und mir nicht vorgestellt
dass du auch grad hinschaust
ist wieder mein himmel
mir egal ob du das auch so siehst

.fv.

|| die Stille nach dem schluss

Etwas ist anders. Die Luft flirrt. Sie schmeckt etwas verbrannt. Der Tisch und die Stühle stehen nicht mehr da. Alles leicht verrückt. In den Wänden hallt der Einschlag nach. Der Boden fällt ein Stück zurück. Ich fliege wach. Nichts hält mich.

Meine Hände begreifen nicht. Sie halten noch was immer da war. Die Finger leicht gekrümmt. Die zehn Gespenster glauben, dass sie noch leben. Aber etwas ist verschwunden. Die Handflächen leer. Die Adern unter Druck. Ich geh da jetzt durch, aber nicht zurück.

In der Wand ein schwarzes Loch. Dunkel wie Pupillen. Das Ende kam so plötzlich wie du kamst. Jetzt ist das schwarze Loch voll mit mir. Es gähnt mich an. Ich höre noch deine Schritte. Auf dem Parkett liegt noch dein Schatten. Alles ist noch da. Nur wir nicht.

Wir wollten es so gerne schaffen. Wir dachten wir sind dafür gemacht. Aber alles was wir noch sein können, passt in eine dunkle Nacht.
.fv.

|| die welt sollte uns feiern

für jede synapse eine pille
für jeden rezeptor eine pulle
mein hirn feiert deine existenz
drei tage wach im neocortex
freud rupi kaur und alexis texas
alle sind drin und benehmen sich daneben
komm bae wir trinken die puddel
durch den korken auf ex
eine priese fickfinger macht noch jede
schwere
los

.fv.

|| don't follow me i'm lost too

wenn sie geht wie geht sie

tritt sie aus den poren in der nacht
und macht matratzen nass
fliegt sie aus dem angekippten fenster
über das hochhaus gegenüber
schleicht sie sich morgens
aus dem zimmer
und gibt die die falsche nummer

wenn die liebe geht hinterlässt sie spuren
ich bin ihr einmal gefolgt und hab
fast nicht mehr zurückgefunden

.fv.

|| ich bin raus

nimm die scherben von mir
du kannst sie alle haben
niemand braucht sie noch finden

bau dir daraus ein windspiel
häng es vor dein fenster
an einen dünnen faden

und wenn im herbst
die stürme kommen
werde ich bei dir sein

.fv.

|| erkenntnisse auf die man hätte früher kommen können

(s)

wenn du im gestern lebst
ist heute niemand für dich da

(m)

wenn du der unglücklichste mensch
im raum bist dann bist du ziemlich sicher
im falschen raum

(l)

alles was ich brauch
ist jemand an meinem ufer
der nach mir schaut
wenn ich ins tiefe gehe

(xl)

dich vermissen ist wie
auf eine welle schauen
die schon am ufer ist

.fv.

|| glymur

Ich hab Island gebucht. Eine Woche. Für uns beide. Los, zieh dich an.

Mit meiner Monatskarte können wir mit der S-Bahn bis Beusselstraße. Dann weiter mit dem Bus bis nach Tegel. Ab zwanzig Uhr kannst du bei mir mitfahren. Du kannst immer bei mir mitfahren, wenn du willst. Du darfst nur den verdammten Bus nicht wegfahren lassen. Steig einfach ein. Ich stehe in der Mitte im Gelenk, wo es keine Fenster gibt. Bereuen kannst du es später immer noch, dann kannst du mir sagen, dass es die blödeste Idee der Welt war und ich werde nicken und denken, dass es das wert war. Du brauchst kein Gepäck. Der Plan ist, nichts mitzunehmen. Der Plan ist, keinen Plan zu haben, außer einer Richtung. Und die ist entgegengesetzt zu jetzt. Unterwäsche kauf ich dir da. Wein auch. Ich lade dich auf ein Trollsteak ein, gleich wenn wir da sind. Ich hab extra meine Plattensammlung an einen reichen Engländer verkauft. Er mochte vor allem meine uralten Death Cab For Cutie Bootlegs, aus einer Zeit, in der Indiebands noch Brillen mit dicken Rändern trugen. Mit dem Cash kommen wir solange über die Runden, bis wir genug voneinander haben.

Oder du mich zum Spaß neben einem Geysir heiratest. Wir zählen dann von 10 runter, bis er explodiert und du mich aus Versehen küsst. Geysir heißt übrigens „in Bewegung bringen". Ich fühl mich so reich, wenn ich dich in Jeansjacke und den weißen Sneakers im TXL sitzen sehe. Ich bin so reich in diesem einen Moment, ich kann mir einfach alles leisten. Sogar eine Sekunde nicht hinzusehen, wenn du mich anschaust.

Auf Arbeit kannst du morgen Bescheid sagen, wenn wir in Island sind. Machst ein Foto mit deinem Telefon und schickst es an deine eigene Adresse. Am besten von dem Moment, in dem wir neben dem ersten Wasserfall stehen. Glymur heißt der, und ist so hoch, dass es wirkt, als fiele der Fluss vom Himmel. Setz das Leben cc in deiner E-Mail und lass dir von mir eine Abwesenheitsmitteilung schreiben. Ich schreibe das so gut, weil du abwesend bei mir bist. Eine, bei der alle traurig sind, dass du nicht da bist. Für die anderen wird unsere Ewigkeit ein Alltag sein. Sie werden uns vermissen, wir werden sie vergessen. Wir werden zwischen Felsen herumlaufen und nach Feen suchen. Du wist dir die Sneakers dreckig machen, wenn du mit dem Fuß in den Fluss rutschst, an dessen Ufer wir laufen, so lange laufen, bis wir eine Brücke finden, die wir dann absichtlich nicht benutzen. Wir reißen alle Brücken ab, über die uns die Unmöglichkeiten nachlaufen. Wir werden uns nach zwei Tagen in die Augen schauen und uns besser kennen, als den Weg nach Hause. Es wird uns seltsam vorkommen, dass wir in einer Stadt gelebt haben, ohne uns morgens beim Aufwachen gesehen zu haben. In einem kleinen Holzbett mit dicken weißen Decken werden wir liegen, neben dem ich die ersten Nächte noch unten schlafen muss, bis du dich in mich überwindest. Hast du deine Schuhe schon an? Wir müssen los. Der letzte Flug geht um 23:07 Uhr. Die Ringbahn fährt alle zehn Minuten um die Zeit. Mach dir keine Gedanken darüber, dass du morgen müde sein wirst.

Wenn du willst kannst du dort die ganze Woche durchschlafen. Ich bringe dir dann isländische Süßigkeiten aufs Zimmer, von denen ich nicht weiß, was drin ist. Ich schau mir draußen alles an und erzähl es dir, wenn du willst fass ich deine Haare an dabei. Wenn du willst, kannst du die ganze Woche durchschlafen und endlich einmal träumen von den Dingen, für die dir sonst der Mut fehlt. Island ist eine Insel. Das Meer drum herum ist tief. Hätte, wäre, deshalb und nein sind Festlandwörter. Du wirst sehen, wie sich deine Sprache verändert. Du wirst dort anders reden als hier. Freier, größer, deine Worte werden den ganzen Raum einnehmen, sie werden durch die kleinen Fenster nach draußen drängen und sie werden die Wolken zerreißen. In Island gibt's eigentlich immer Wolken. Du wirst sie anschauen und dir nicht mehr vorstellen können, warum du vor ein paar Tagen noch ganz anders warst. Und wenn ich Glück habe, wirst du mich anschauen und dir nicht mehr vorstellen können, warum du dir mich nicht vorstellen konntest neben dir. Aber weil du das nicht wollen würdest, sag ich dir nicht, dass ich das hoffe. Die Stille macht der weite Horizont. Der schluckt den lautesten Gedanken und macht ihn zu einem schneebedeckten Gipfel.

Wir mieten uns ein Auto, wenn wir in Reykjavik sind, damit fahren wir dann raus aus allen geraden Kanten. So eins, wie sie hier auch in Berlin rumfahren. Nichts Besonderes, sondern unseres. Ein kleines weißes mit großen Scheiben. Ich habe Mixtapes gemacht mit Liedern, die ich seit Monaten nur höre, weil ich sie dir irgendwann vorspielen wollte. Ich weiß, was du hören magst. Du weißt, was ich so gern hören möchte. Weil du das falsch finden würdest, sagst du es mir aber nicht. Ich fahre, ich fahre gern. Weil ich dann weiß, dass du neben mir sitzt und für mich mit in die Ferne schaust. Und weil ich weiß, dass du nicht weggehen wirst. Dafür fahre ich einfach zu schnell. In den Serpentinen wirst du aus dem Seitenfenster schauen, im Tal werden schwarze Steine auf so grünen Wiesen liegen, dass dir das Grau in deiner Straße lächerlich vorkommen wird. Wir werden an einem Aussichtspunkt halten, von dem aus wir das Ende der Welt nicht sehen können, weil es in Island auch Wolken gibt, die auf der Erde liegen. Es wird nieseln, ein Ehepaar aus Bristol wird neben uns Selfies mit einem Stick machen und dabei einen blauen und einen pinken Regenponcho tragen.

Wir tragen nur den Augenblick. Und ich werde dir dabei zusehen, wie du an der Leitplanke stehst und in die Ferne schaust, wie deine blonden Haare unter deiner Mütze hervorschauen und mit der Luft tanzen. Du wirst dir vorstellen, du wärst schon immer hier gewesen. Ich werde dir dabei zusehen und ich werde mir nicht mehr vorstellen können, jemals ohne dich gewesen zu sein. Weil du das unangebracht finden würdest, sag ich es dir aber nicht. Wir müssen langsam los, der Check-in dauert seine Zeit. Ich habe über einen Sondertarif gebucht. Der heißt „Nichts bereuen". Dabei verkaufen sie einem die Flugtickets so billig, dass man, wenn man von der eigenen Spontanität überrascht wird und doch nicht fliegt, nicht zu viel Geld ausgegeben haben muss. Es ist okay, denke ruhig noch mal darüber nach. Ich lade solang den Lonely Planet für Island auf mein Telefon. Daraus lese ich dir später vor, wenn wir im Flugzeug sitzen und man die Sterne oben von den Sternen unten nicht mehr unterscheiden kann.

Wir werden uns Wale anschauen. Nicht die eingesperrten Kumpels, sondern die wilden. Ich weiß du magst die großen Viecher, weil sie so viel Kraft haben und fast nichts davon benutzen. Wir werden in ein kleines Dorf fahren, auf ein Schiff gehen, das in Teilen rot angestrichen ist, und dann werden wir raus fahren vor die Küste, dorthin, wo man Himmel und Wasser leicht miteinander verwechseln kann. Unter unseren Füßen wird der Diesel klappern und der Wind wird fremde Lieder pfeifen, wenn er um die Ecken unseres Schiffes fliegt. Und dann wirst du vielleicht einen Wal sehen, sie schreiben, dass in 99% aller Fälle ein Wal gesichtet wird. Ich bin mir sicher, dass wir Glück

haben werden. Ich bin mir sicher, dass ich
gern das eine Prozent wäre, das du noch
brauchst, um uns sehen zu können. Wale
haben riesige Rücken. Vielleicht wirst du
so einen sehen und dir vorstellen, wie man
darauf reiten kann. Und dann wirst du dich
fragen, warum manche Dinge einfach nicht
wahr sein können, und ich werde dir an
deiner Nase ansehen, dass du das gerade
denkst und mich dasselbe fragen. Aber
weil ich weiß, dass du mir das nicht
glauben würdest, sag ich es dir nicht. Die
Leute sagen, dass in Island quasi jeder mit
jedem irgendwie verwandt ist. Und weil
die Insel so schön aussieht, denkt niemand
schlimm darüber, sondern das zwischen
den Menschen fühlt sich an, wie ein dicker
Pullover mit einem Rentier vorn drauf.
Wenn du dich abends in unserem kleinen
Zimmer auszieht, wird das wie warme
Haut sein, die sich auf wartende, warme
Haut legt. Wenn wir abends in einer Bar an
einem Tisch sitzen und uns jemand fragt,
woher wir kommen, dann werde ich dich
reden lassen, weil ich auf deine Antwort
gespannt bin. Postkarten werde ich keine
schreiben, niemand zuhause könnte das
hier verstehen. Für dich hab ich aber eine
in die Jackentasche gesteckt, auf der
Vorderseite ist Berlin, der Alex und
anderes langweiliges Zeug, das nicht

Island ist. Ich habe meine Adresse schon eingetragen in die Zeilen, die dafür vorgesehen sind.

In Island ist es nicht so warm wie zum Beispiel in Spanien. Oder auf den Malediven. Deshalb will ich mit dir dahin. Weil wir uns dick einpacken müssten, um uns zwischen Kaschmir und Synthetik aufzuspüren. Weil wir im Wind stehen und sehen würden, wo wir überall hinkönnen. Weil wir auf das Meer starren und aus dem Nichts einen Weg machen könnten. Und ich möchte sehen, wie rot deine Wangen im Warmen werden, wenn wir abends aus der Kälte zu uns kommen. Wie du versuchst, isländische Speisekarten zu lesen. Und wie sich das Bühnenlicht an deinen Wangen bricht, wenn wir die Band eines bärtigen Cousins von Björk ansehen. Ich möchte sehen, wie du in Unterwäsche die Vorhänge zu machst, weil es draußen nicht dunkel wird. Der Himmel wird dir prächtig stehen. Wir müssten dann jetzt los.

Ich hab Island gebucht. Eine Woche. Für uns beide. Aber weil ich nicht weiß, wie du das findest, behalt ich es für mich.

.fv.

|| was heut gut war #5

bisschen geatmet
und beim luft rauslassen mir eingebildet
dass langsam jede zelle in mir
die dich noch kannte
ausgetauscht sein müsste

.fv.

|| liebes nichts

Du, das morgens neben mir liegt. Was abends neben mir einschläft. Das ganz ruhig nicht mehr atmet. Das, was mir abends keinen Song schickt. Das, was das laute Geräusch macht in mir. Das, was mir fehlt, obwohl es da ist.

Das, was morgen ist. Und übermorgen. Dem ich hinterlaufe. Das vom Himmel fällt. Mit dem ich zum Konzert gehe. Und danach darüber spreche bei einem Drink in einer Raucherbar. Das mich nicht anruft und schweigt.

Ich hab gelernt mit dir zu leben. Mit diesem Nichts, das du bist. Manchmal stützt du mich. Manchmal hältst du mich auf. Es ist alles, was ich noch habe. Nicht ist immer für mich da. Nichts ist schöner.

Manchmal suche ich dich in deiner alten Straße. Und finde dich auch. Dann merke ich. Ach, hier hab ich ja Nichts verloren. Ich hab das Gefühl, diese Leere macht mich voll.

Liebes Nichts. Nur eine Sache noch. Dann kannst du gehen. Du bist alles.

.fv.

|| to do

(1)

die welt ein stück besser machen
das stück das ich auf dich zugehe

(2)

meinem mittelfinger ein denkmal bauen
in dein gesicht
als erinnerung
wo ich nicht mehr hinwill

(3)

allein schlafen
allein aufwachen
und dann im tag
menschen finden
die auch suchen

.fv.

|| quantenliebe

In der Quantenmechanik gibt es das Prinzip der Verschränkung. Was wirklich total vereinfacht heißt: Zwei Teilchen gibt es immer nur zusammen. Als Paar. Wenn das eine da ist, muss das andere auch da sein. Ich finde das ziemlich romantisch, auch wenn ich nicht so ganz verstehe, wie die das machen.

Na jedenfalls vermuten sie jetzt, dass diese Teilchen durch schwarze Löcher getrennt werden können. Eins fällt rein, das andere entkommt. Und jetzt steht die Frage im Raum: Wie kann das sein? Weil die ja ohneeinander eigentlich nicht existieren können. Berechtigte Frage, auch so generell.

Sie vermuten, dass es vielleicht Wurmlöcher im schwarzen Loch gibt, also dass das Teilchen, das reinfällt, gar nicht weg ist, sondern nur woanders hinkommt. Weit weg. Und dass das Teilchen, das entkommt, zwar dann allein ist, aber gar nicht so richtig, eben nur weit weg vom anderen. Wäre ein schwacher Trost, aber immerhin einer.

Keine Ahnung, wie es dir da geht im leeren Raum. Vielleicht kann mir die Wissenschaft bald wenigstens erklären, wo du da relativ wahrscheinlich hin bist. Ob ich ins schwarze Loch gefallen bin. Oder du. Und durch welches Loch ich muss, damit du am anderen Ende auf mich wartest.

Eigentlich wollte ich nur sagen, dass ich das kann, mit diesem komischen Universum und allem. Ich komme klar. Aber ich mag es nicht, ohne dich. Es ist okay. Aber am Ende fehlt mir eben ein Teilchen.

.fv.

|| kompliment 2023

ich höre deine
sprachmitteilungen
in normaler
geschwindigkeit
an

.fv.

|| nichts ist safe

ich liebe ja streichhölzer
weil wenn die abbrennen
man sie danach wirklich nicht mehr
benutzen kann
ein richtiges kleines ende

familien sind wie die schachteln
in denen die streichhölzer liegen
einige haben einen schwarzen kopf aber
man legt alle wieder da rein hauptsache
zusammen

meine mutter hat immer gesagt
spiel nicht mit dem feuer sie wusste
die flammen werden ehrlicher zu mir sein
als sie

.fv.

|| ehrliche entschuldigung

liebes vielleicht
es lag nicht an dir
es war das jetzt noch nicht
das komische angst
da war der anfang von liebe
ein schwaches flackern
in meinem hand nicht vor augen
ach vielleicht
dich wegzuschicken fiel mir nicht leicht
aber du solltest da sein
wo du ein ganz sicher bist
bis du dort bist lieb ich dich für den
versuch
es mit mir versucht zu haben
ach mein vielleicht
mein kleiner beitrag zum ewigen
versuchen
ich war noch nicht soweit
und jetzt bist du so weit
weg

.fv.

|| nachrichten die ich gern bekommen würde #6

hallo hier ist carglass in der storkower
ihr herz ist fertig
unterbewusstsein hammer gleich
mitgemacht
bitte bis 18 uhr abholen

.fv.

|| screenshots

In meiner Camera Roll da bist du noch. Zwischen all den echten Momenten. Den Menschen und den Tieren. Da bist du, ein Bild von einem Traum. Einer, der aus sich selbst aufgewacht ist.

Ich mache Screenshots von den Screenshots. Damit du immer unten bist. Dort wo mein Leben ist. Wie ein Stein aus einem tiefen See hol ich dich hoch. Ich leg dich an mein Ufer. Wo ich dich immer seh.

Die Bilder verschwimmen, die Pixel bleichen aus. Sie legen ihre Stirn in Falten und sagen, dass sie nicht mehr wissen, was sie zeigen sollen. Sie sagen mir: Du schaust ins Nichts. Nicht, dass ich das nicht wüsste.

Hätte ich gewusst, dass ich Jahre später das Leben mit dir vermisse. Ich hätte mehr Bilder davon gemacht. Ich hätte mit meiner Roll gedealt. Und mit Screenshots auf die Ewigkeit gezielt. Ich hätte dich öfter angeschaut. Hätte, hätte, Ereigniskette.

Jetzt lieg ich hier mit unseren Bildern. Ich bin mit uns allein. Und verstehe plötzlich, was ich da tu. Ich bilde mir uns ein.

.fv.

|| ich bin #1

die zigarette die du morgens
auf dem heimweg rauchst
ich hätte nicht sein müssen
aber es passte gerade so gut

.fv.

‖ right in the feels

das blut an meiner fingerkuppe
es ist nur lava
das messer in meiner tasche
ist ein schlüssel
die träne auf deiner wange
läuft davon
die dunkle nacht
ein warmer schoß

wenn ich sage ich hab schiss vor morgen
dann weil das heute schon echt nah an
perfekt war und die berge am horizont
sie sind vielleicht nur wolken von denen
wir fallen könnten

.fv.

|| an dich #10

ich liebe dich
aber ich liebe auch den hund
ich lieb wie die nachbarin trompete übt
und emma stone in lala land
mein herz ist groß
also such dir ein zimmer
oder finde jemand anderen
der weniger platz für dich hat

.fv.

|| don't hassel the haff

der wind ist heute stark
ich kann das haff draußen im dunkeln
rauschen hören

vermutlich hat es schon
sehr oft so laut gerauscht
aber heute höre ich zu

morgen früh wird die küste
wieder eine andere linie haben
und das haff wird still sein

es hat mir heut nacht gesagt
wenn der sturm in dir ist
lass ihn toben

.fv.

|| james cameron hat oscars ich hab das hier

du siehst das ufer und dann wieder nicht
das salz brennt in deinen augen
unter dir über dir überall ist ein horizont
und wenn der wind es will drückt er dich
bis tief ins land hinein

und glaub nicht den schiffen
die benutzen dich nur
aber immer gilt komm auf meine tür jack
du musst nicht allein untergehen

es sind die wellenjahre mein kind

.fv.

|| kurz vorm einschlafen #1

what a day
ich kanns nicht fassen
also fass ich mich an
wenn der tag mich fickt
fick ich mich zurück

.fv.

|| eine späte 90s frühe 00er erotische phantasie

ich nehm das ewige warum in meinem leben
an die hand leg es bequem aufs bett
leg ihm seine füße hoch decke seinen schoß zu

und spiel ihm like spinning plates von radiohead vor dann ein hörbuch von stephen hawking zwischendurch hol ich ihm einen wein und mir auch und dann mach ich noch was von der grönemeyer mensch platte an
schmetterlinge im eis und ich lösche das licht

ich kippe das fenster an und dann küsse ich es bis ihm schwindelig ist und dann zieh ich ihm sein
um
über die schenkel bis zu den knöcheln
und schlaf ich mit ihm die ganze nacht bis es nur noch
war

.fv.

‖ ich les noch etwas

die betten sind frisch bezogen
das laken ist straff über die ecken gespannt
der weichspüler dünstet aus
es riecht nach frühling
aber in die kissen fällt schnee

so ist das dann
wir liegen im weiß
und vermissen die flecken

.fv.

|| masturbation ist wie
single player modus

ich wünschte die autos in der stadt
müssten ab 23 uhr alle anhalten
die ganze nacht lang und die ringbahn auch

dann würde ich endlich nicht mehr
das rauschen da draußen mit
dem rauschen hier drinnen verwechseln

ach was red ich
eigentlich will es mein herz sich nur nicht
mehr selbst machen vor dem einschlafen

bitte mach du es mir
morgen schöner als es heute war

.fv.

|| besuchen kommt von suchen

du hast kerzen in deinem zimmer
die haben einen blassen schimmer
du brätst maultaschen mit ei an
damit es nicht mehr so nach angst riecht
du sortierst bücher nach farben
weil du dich in ordnung bringen willst
du legst deine hand auf meinen kopf
damit er nicht abfällt
du machst james blake an als ich gehe
can't believe the way we flow
unten auf der straße begrüßen mich die steine
sie sagen geh nicht zu weit

.fv.

|| honey i know i know
times are changing

es gab eine zeit
da konnte ich mir uns
ohne zeit gar nicht vorstellen

wir sind mal aus derselben quelle geflossen
jetzt werfen wir augenblicke in die spree wie
steine weil die als einzige weiß wohin

noch als ich neben dir stand
hab ich dir eine nachricht geschrieben
in der ich sage dass es mir leid tut

du liest sie in der sbahn und antwortest nicht
ich hätte dir auch lieber purple rain
geschrieben

.fv.

|| ich bin #10

ein diamant im dreck
ein stein wenn man nicht richtig hinsieht
zu wertvoll um mich in einen see zu
werfen
nutzlos wenn man die radieschen gesucht
hat

.fv.

|| du machst pläne
das leben quarantäne

von vorn anfangen
obwohl man am ende ist
mit jemandem schlafen
auch wenn man albträume hat
in den krieg ziehen
statt ihn vorbeiziehen zu lassen
aus versehen ein herz brechen
weil man es für einen stein hält
gegen die wand fahren
weil sie wie der graue horizont aussieht

das leben ist der versuch
morgen mehr zu sein als das
was heute von dir übriggelassen hat
komm bloß niemals auf die idee
ich wüsste was ich tue

.fv.

|| naturktastophe in zeitlupe

du willst wissen
ob ich in der quarantäne
viel an dich denke

nun ich habe vor über eine stunde
ein schnapsglas zerbrochen
und ich suche immer noch auf den knien
nach einer fehlenden scherbe
ich würde mich so gern mal wieder
an etwas schneiden und mein blut sehen

und ja
das erinnert mich gerade an dich
also alles das ein bißchen schön weh tut

.fv.

|| angebot und nachfrage

du kannst gehen wohin du willst
ich bin ein weg wenn du einen brauchst
du kannst auch mal allein schlafen
ich warte bis morgen
du kannst mich anlügen
ich glaub trotzdem an was
du schuldest mir nichts
ich hab so viel für dich übrig
du kannst mir vertrauen
ich weiß auch nicht wo lang
du kannst dein leben ohne mich verbringen
aber du musst nicht

.fv.

|| bitte halt die klappe

Irgendwann hab ich mal was gesagt, das es kippen lassen hat. Die Worte kamen raus. Vielleicht hab ich mir nicht einmal was dabei gedacht. Du hast zugehört. Und dann ist es gekippt. In dir ist was umgefallen. Wie eine Vase. Es ist was ausgelaufen. Und ich hab's nicht gemerkt. Alles nass.

Meine Worte, sie waren die Steine. Mit denen du deinen Weg aus mir heraus gebaut hast. Seitdem schweige ich. Ich sage nichts. Denn was auch immer ich sage, ich will nicht, dass es was macht. Etwas umwirft. Jemanden erschreckt. Ich lass es drin, bis es draußen keinen mehr gibt, der es hören will.

In dieser Stille lebt es sich ganz gut. Die Menschen merken nichts. Niemand bekommt Angst. Sie hören sich selbst reden und das gefällt ihnen. Ich höre ihnen zu. Die Lippen bewegen sich. Aus ihren Mündern fällt meine Zukunft. Und nichts fällt mehr um. Keine Scherben mehr. Keine Worte wie Steine auf Wegen. Keine Wege mehr.

Nur manchmal. Da frage ich mich, ob ich etwas hätte sagen können, das dich zurückholt. Einen Weg bauen, auf dem du zurückkannst. Aber das ist das komische an

Worten: Man kann sie zurücknehmen. Wege
gehen immer nur vorwärts. Das hier ist kein
Weg. Nur ein paar Steine, aus denen ich ein
Haus baue, in dem ich lebe.

Vielleicht schreibe ich deshalb. Weil ich
suche nach den Worten, die es erklären, es
rückgängig machen. Vielleicht liest du
irgendwann das hier und siehst mich zwischen
meinen Steinen. Wie ich da sitze und darauf
warte, dass dein Schweigen aufhört. Damit
meins beginnen kann.

Irgendwann hab ich mal etwas gesagt, das hat
dich von mir fort getrieben. Deshalb sag ich
jetzt nichts mehr. Und schreibe alle Steine
auf. Aus denen bau ich mir dann irgendwann
einen Weg aus mir heraus.

.fv.

|| melancholia

irgendwann wird garantiert
etwas schreckliches passieren
ich weiß das
ich bin so geboren

bis dahin aber will ich an einem ort sein
an dem das okay ist
allein in einem bunker
oder allein in deinem leben

wir können uns nicht retten
wir können es nur trotzdem versuchen
der untergang sieht viel schöner aus
wenn ich ihn mit dir zusammen
kommen sehe

.fv.

|| marlon brandung

der schmerz kam in wellen
und wurde zu sand
ich sank nicht darin ein
ich geh drauf

dann kamst plötzlich du
und brachtest mir land
ich sank nicht darin ein
ich steh drauf

.fv.

|| bei papa

Mein Papa wollte bestimmt nicht sterben. Aber ich glaube er dachte er muss. Und dann war er eben weg. Ich bin neulich zu ihm hin, damit ich ihn ein paar Sachen fragen kann. Ich war ein wenig zu spät dran ehrlicherweise. Seine Wolke war schon fast hinterm Berg. Aber ich hab ihn noch erwischt.

Papa. Als du gestorben bist. War das schön? Ich frag mich das manchmal. Ich stell's mir so vor: Wenn man nach einer schlaflosen Nacht, die dein Leben war, um fünf Uhr morgens dann doch schwere Beine bekommt und die Augen endlich zugehen. Oder wenn man nach einem langen Heimweg das Haus sieht. Ist es so? Warst du befreit? Dann wäre ich das nämlich auch. Ich mag den Gedanken nicht, dass es dir schlecht ging.

Und Papa. Das mit Mama. Als du sie das erste Mal gesehen hast. Was hast du da gedacht? Fandest du sie schön? Und ging dir ein Leben mit ihr auf vor dir? Oder war sie dir egal, bis zur Tanzstunde damals? Auf einem alten Foto in meinem Schrank seht ihr glücklich aus. Ihr steht nebeneinander, als wäre das ganz einfach. Seid ihr auch mal glücklich gewesen? Habt ihr über die gleichen Witze gelacht? Weil dann wäre ich das nämlich auch. Ich mag den Gedanken, dass ihr nicht alles falsch gemacht habt. Mich zum Beispiel.

Und Papa. Die Sache mit den anderen Kindern. Sind die dir zugeflogen, wie die Schwalben im Sommer? Oder wo kamen die alle her? Ich stell. Mir dich wie einen warmen rosa Himmel vor, mit vielen dicken Mücken drin. In dem man als Schwalbe gern fliegt, den Schnabel leicht geöffnet. Und auch die ganzen Mütter mochten das bestimmt. Die Kinder haben alle gute Herzen, Papa. Ist das deins? Warst du gern Papa auch von mir, auch von weiter weg? Weil dann wäre ich nämlich noch viel lieber dein Kind, auch wenn du nicht da warst.

Und Papa. Von hier oben. Siehst du mich manchmal an? Und bist du auch mal stolz? Ich stell mir vor, dass wenn Gespenster stolz sind, dann schicken sie einen Wind oder Knacken mit den Wänden. Oder denkst du, ich hätt's machen sollen wie du? Weil wenn du nicht stolz wärst, dann wäre ich es trotzdem. Es wäre nur schön zu wissen. Kannst ja mal drüber nachdenken, wie dus mir von da oben sagen kannst.

Und Papa. Ich muss los. Ich kann nicht ewig
bei dir bleiben, du kennst das. Ich bin noch
nicht fertig da unten. Aber ich stell mir oft
vor, wie wir ein Bier trinken und du mir von
deiner Musik erzählst und warum die besser
ist, als meine. Ich denk dann wie du neben
deinem Plattenregal stehst und über die
Puhdys redest stundenlang oder über Bowie.
Und ich dich anschaue und denke: Ja, das ist
mein Papa. Würdest du das auch mögen? Sag.
Ich kümmere mich um die Drinks.

Papa leb wohl. Du musst gar nicht perfekt
sein oder am Leben. Ich hab dich lieb, weil
ich mich lieb habe. Ich muss jetzt wirklich los.
Grüss die Schwalben und die rosa Wolken in
deinem Himmel. Wir sehen uns. Jedes Mal,
wenn ich mich ansehe.

.fv.

|| ich bin #7

gern in mir
es ist zwar etwas unordentlich
aber ich weiß wo alles liegt
also falls du mal eine bleibe brauchst
bleib gern

.fv.

|| ein guter moment
(serviervorschlag)

wenn das herz
nur jeden zweiten schlag
für blut braucht
und mit dem anderen
auf den horizont zielt

und trifft

.fv.

|| fucked

ich weiß jetzt
was liebe ist

es ist ganz einfach
und auch ein bisschen schrecklich

ich erkenne sie daran
achtung

ich kann nicht damit aufhören
auch wenn du es kannst

.fv.

|| ch4turb4te

mein herz ist ein leerer chat
in den ich nachts meine träume schreibe

aber ich wache nie in einem davon auf
deshalb lösch ich sie morgens wieder

mein leben hat die chatgruppe längst verlassen
der rest liest heimlich mit

i thought love is cute
but it might delete me later

.fv.

|| 8000er

Ich würde dir gern von mir erzählen. Wie ich hier sitze in diesem hässlichen Zimmer am Fuße unseres Berges, auf den ich morgen gehe. Mit all dieser Schönheit im Herzen, die keiner mehr braucht. Von mir mal abgesehen. Und mit festen Schuhen, die nirgendwo mehr hin gehen müssen. Es hört niemand zu, alles ist gesagt. Nur die Nacht hat noch Geduld mit mir. Die ist so dunkel, da sieht selbst ein Funke wie ein Feuer aus. Irgendwas brennt. Es sind nicht meine Beine.

Ich laufe nach oben. 8000 Schritte pro Minute weg von mir. Und frage mich wie du das gemacht hast. Mich zu vergessen. War es wie einschlafen. Hat es gedauert. Ist es noch gar nicht geschafft. Oder war es wie sterben. Ging es vielleicht ganz schnell. Ich liege noch wach, um mal im Bild zu bleiben. Halbtot. Zombieleben. Und schwitze dich in mein Laken. Was von dir bleibt ist klebriges Salz auf meiner Haut. Und ein komisches Gefühl im Bauch, wenn der Wind mich unter meiner Nässe anfasst. Und kurz so tut, als wäre er du.

Am Hang tut es weh. Steil ist er aber der
Blick geht weit ins Land. Schön ist das. Ich
weiß noch, wie wir hier langgelaufen sind.
Ich lauf dich aus den Beinen. Du läufst mir
aus den Augen. Irgendwo läuten Glocken im
Tal. Für einen Moment bilde ich mir ein, sie
tun das für mich. Wollen mir was sagen. Das
ist es, was aufhören muss. Mit den Glocken.
Und mit dieser Liebe. Ich glaub mein Herz
führt Selbstgespräche. Es sagt deinen
Namen so oft hintereinander, bis er sich
komisch anhört.

Endlich oben. Aber du bist hier nirgends.
Natürlich hatte ich gehofft und es jede
Sekunde besser gewusst. Irgendwo da
hinterm Horizont sitzt du und findest das
okay. Klar wird man darüber verrückt. Es
geht nicht darum, dich loszuwerden.
Sondern zu verstehen, dass du nur noch in
mir bist. Aber ich nicht mehr in dir. Egal wie
hoch ich gehe. Ich komme nicht darüber
hinweg. Aber darum geht es auch gar nicht.
Es geht um das drum herumkommen.

Auf dem Weg nach unten immer wieder der
Gedanke, dass du dort nicht auf mich
wartest. Im Gegenteil. Du hoffst, dass ich in
eine andere Richtung gehe. Weg. Manchmal
ist es eben doch zu spät. Und dann ist es
genau die richtige Zeit dafür, das

einzusehen. Wer ganz oben war, muss irgendwann ins Tal. Unser Echo fällt von jedem Hang. Steinschlag.

Unten im Tal brennen mir die Füße. Unser Rauch in meinen Augen. Einen Flächenbrand löschst du nicht mit einem Schluck Wasser. Egal wie tief du ihn schluckst. Ich muss das nie wieder hoch, immerhin. Denn da oben, auf dem Gipfel, da hat niemand auf mich gewartet. Nur ich war da. Hab mich selbst gefunden.

Wir waren mal ein Achttausender. Aber jetzt komm ich da runter.

.fv.

|| babuschka

meine oma ist 84
und hat seit heute whattsapp
felontschik hat sie vorher gesagt
felontschik was soll ich mit dieser technologie
ich bin alt und erlebe nichts mehr
was soll ich erzählen
da hab ich gesagt babulka
dann erzähl von früher
da hat sie gelacht und in ihrem mund sind
kaum noch zähne
und gesagt nu ladno vom zuhören hab ich
immer mehr gelernt
erzähl du mir

.fv.

|| reichenberger straße

im hinterhof vor deinem fenster
da zogen die wolken vorbei
dein gesicht war rot von der sonne
nacht schliefen wir auf kissen aus blei

in deinem zimmer im fünften
da waren die vorhänge dicht
und das licht das wir nicht wollten
das fand uns dort nicht

im sommer des letzten jahres
da lag ich sonntags mit dir im sterben
und könnt ichs mir aussuchen ich würde
nie wieder was anderes werden

.fv.

|| message an future me

Hey du. Damals, da war das eben so. Alles nicht so einfach, aber auch nicht schwer zu verstehen. Und immer viel auf einmal. Ein Leben so voll wie ein Club in der Nacht von Sonntag auf Montag. Die Musik hörte niemals auf. Auch wenn dir nicht nach Tanzen war.

Alles kam auf einmal. Alles kam immer. Du hast viel gelernt jeden Tag. Du auch so einiges verlernt in der Nacht. Dinge, die es nicht wer waren, sich an sie zu erinnern, zum Beispiel. Du hast Schmerzen gehabt, sie sind meistens vorbei gegangen.

Dein Herz war ein Scherbenhaufen, oh Boy. Bunte, glatte, rund, andere spitz und mit scharfen Kanten. Dein Herz war oft nicht bei dir. Jemand hatte es noch. Hatte es noch nicht zurückgegeben. Es schlug trotzdem nur für dich.

Die Welt hat sich so schnell verändert. So viel Bullshit ist passiert. Und du hast dich in Zeitlupe mit verändert. Rechts, links, vor, zurück, ein Tanz auf dem Weltenvulkan. Du hast gelernt, dass in dir immer ein Platz frei ist. Ein verrückter Ort, ein schöner Ort.

Und immer hast du gekämpft. Du hattest Tage, da ging es nicht weiter. Du hast nicht gewusst wohin. Dann bist du einfach weiter gegangen. Und wenn da vor dir kein Weg war, ist er hinter dir entstanden. Lief bei dir. Aus den Augen oft.

Du kannst stolz auf dich sein. Ich bin es jetzt schon. Denn auch wenn ich dich da in der Zukunft nicht sehen kann, ich weiß wir werden das hinbekommen haben. Dafür sorge ich schon. Mit Tränen in den Augen. Und Hoffnung in den Beinen.

.fv.

|| feelings in heringsdorf

eine welle kommt
und noch eine
und noch eine
ich halte eine träne zurück
und noch eine
und noch eine
ich sitz am strand und eine frau läuft vorbei
und noch eine
und noch eine
eine liebe geht an land
und noch eine
und noch eine

.fv.

‖ ich bin #2

müde
ich möchte lange schlafen
und dann in einem ich aufwachen
das sich in der zwischenzeit
um alles gekümmert hat

.fv.

‖ neu #1

grüße gehen raus
an mein herz das sich
nach all dem abfuck
noch vorstellen kann
dass es besser wird
schlag ein digger

.fv.

|| tik tok

schade eigentlich
dass es durch smartphones
aus der mode gekommen ist
andere nach der zeit zu fragen
dabei wüsste ich zum beispiel gern
ob du welche hast
und ob es die richtige ist

.fv.

|| letzte sommernacht

die nacht ein feuchter traum
der tag klebt an den innenseiten der beine
auf dir scheint ein halber mond
in meinem mund sein kaltes licht

komm geh nie wieder

du sagst der morgen ist nah
ich will ihn zum kommen bringen
unser sommer wird nicht warm sein
in deinen haaren das erste rote blatt

.fv.

‖ mein rapper name wäre „lil lie"

ich sag so oft
ich denk an dich
dabei denk ich gar nicht

.fv.

‖ srrrr srrrrr

ein teil von mir
liegt noch bei dir

ich wusste nicht was sich hingeben heißt
bis ich mich dir gegeben hab

immer wenn ich jetzt versuche was zu fühlen
stell ich mir vor wie mein herz unter deinem
bett liegt und vibriert

aber niemand ran geht

.fv.

|| hast du meine nachricht bekommen #7

mit dem link zu meiner
best of jahresplaylist
hör doch mal rein
alles lieder die niemand für dich geschrieben
hat oder schreiben würde
play songs
not hearts

.fv.

|| der deal

Vor drei Jahren haben wir einen Deal gemacht. Wir haben gesagt dann sehen wir uns wieder. Wenn es passt. Weil es damals nicht gepasst hat, obwohl alles gepasst hat. Wir haben uns noch ein letztes Mal ausgezogen. Und dann sind wir auseinander ausgezogen. Wir brauchten nichts mehr. Wir hatten ja den Deal.

In zwei Wochen ist es soweit. Dann sind die drei Jahre rum. Dein Profilbild ist grau und weiß. Und ich weiß nicht mehr, wer du noch bist. Oder wo. Über 1.000 Tage. Du bist tausendmal eingeschlafen ohne mich. Und es ging. Ich hab einen Deal mit jemandem, den es nicht mehr gibt. Es ist wie bevor wir uns kannten. Man ahnt, dass da jemand ist. Aber da ist niemand.

Du hast mich überall blockiert. Ich weiß nicht einmal, ob du dich an unseren Deal noch erinnerst. Nichts weiß ich. Ich weiß nur, dass ich dich selbst in meinen Träumen nie bekommen habe. Der Joker in The Dark Knight hat so sinngemäß gesagt: Ich bin wie ein Hund, der Autos anbellt. Ich wüsste nicht, was ich mache, wenn ich wirklich mal eins erwische. Ich bin wie der Joker, nur ohne

Schminke und Messer in der Tasche. Ich bin zum Lachen.

Ich hab gehört du hast jemanden. Ich hab gehört dir geht es gut. Ich hab gehört deine Freunde verstehen nicht, warum ich noch an dich denk. Ich verstehe deine Freunde. Ich versteh es nämlich selbst nicht. Aber mit Verstehen hatte das alles sowieso nie etwas zu tun. Es war schon immer das Gefühl, das wäre es gewesen. Und genau das war es auch. Es war.

In zwei Wochen habe ich es geschafft. Dann sind die drei Jahre um. Und ich weiß du wirst dich nicht melden. Ich weiß du hast nicht tausend Gedichte geschrieben. Ich weiß du hast jetzt ein Leben, statt meinen Träumen. Ich weiß, du bist da raus gewachsen. Längst. Ich weiß das alles. Trotzdem werde ich am 01. November traurig sein. Ich weiß dann gibt es dich nicht mehr. Ich warte nicht mehr.

Vielleicht findet das hier irgendwie doch den Weg zu dir. Und falls es das tut, dann möchte ich, dass du weißt, dass es mir leid tut. Für jeden Tag, den du verletzt warst wegen mir. Es tut mir leid für mich, dass ich nicht gesagt habe, dass du es bist. Es tut mir leid, dass ich drei Jahre lang an unseren Deal gedacht hab.

Ich weiß noch wie du gesagt hast, dass man mit Liebe keine Deals macht.
Damals in Oktober. Als wir den Deal gemacht haben. Da waren die Blätter gelb. Und du sahst erleichtert aus. Deine Tränen waren schwer, aber in deinen Augen war viel leichte Hoffnung. Ich weiß jetzt, woher die kam. Es war die Hoffnung endlich rauszukommen. Aus mir. Aus dem Deal. Denn der Deal war ein Ausgang. Du bist durch gegangen. Und ich hab's mal wieder nicht verstanden und davor gestanden.

Jetzt geh ich. Ha! Und durch. Obwohl ich nicht will, aber ich kann ja so nicht bleiben. Du wirst dich nicht melden. Und wenn dann wird es jemand anderes sein, der sich meldet. Nicht mehr die, die ich geliebt habe. Sondern jemand, der sich selbst geliebt hat. Und ich bin auch nicht mehr der, der ich war. Der darf jetzt sterben. Er atmet ein letztes Mal aus. Und macht nie wieder Deals, in denen er sich verliert. Nie wieder Deals.

.fv.

|| was bleibt

du bist eingezogen in mich
wie eine salbe in meine haut
hast dich verteilt im blut
bist in jede ecke geflossen
hast alles gesehen
selbst in meinen knochen liegt jetzt
dein staub ab und sagt deinen namen

also falls du dich fragst
warum ich nicht verstehen kann
dass du fort bist

du bist es nicht

.fv.

|| goodbye #1

geh
ist ok
ich bin ok
hab dich nie gebraucht
immer nur gewollt

.fv.

Inhalt

- **S.7** nachrichten, die ich gern bekommen würde #1
- **S.8** nette lügen und ihre übersetzungen
- **S.9** gedichte brauchen titel
- **S.10** ich bin eine leinwand, die schon relativ voll ist
- **S.11** gewöhn ich mir ab #9
- **S.12** skalitzer straße
- **S.13** a lot of fucks were given
- **S.14** großmutter hat immer nur angerufen wenn sie betrunken war
- **S.15** wenn man der richtige ort zur falschen zeit ist
- **S.16** nichtschwimmer
- **S.18** Kit Kat
- **S.19** rebellion beginnt mit der krankenkassenkarte
- **S.20** wegen sowas hier hat mich das literaturinstitut bestimmt abgelehnt
- **S.21** hab ich nich drum gebeten #1
- **S.22** nothing compares 2u
- **S.24** Tinderprofiltext den ich gern lesen würde
- **S.25** heimat („Grauer Beton" Remix)
- **S.32** echoooomg
- **S.33** was heute gut war #3
- **S.34** die stille nach dem schluss
- **S.35** die welt sollte uns feiern aber wir feiern sie
- **S.36** don't follow me i'm lost too
- **S.37** ich bin raus
- **S.38** erkenntnisse auf die man hätte früher kommen können

S.39 glymur
S.47 was heute gut war #5
S.48 liebes nichts
S.49 to do
S.50 quantenliebe
S.52 kompliment 2023
S.53 nichts ist safe
S.54 ehrliche entschuldigung
S.55 nachrichten die ich gern bekommen würde #6
S.56 screenshots
S.57 ich bin #1
S.58 right in the feels
S.59 an dich #10
S.60 don't hassel the haff
S.61 james cameron hat oscars ich hab das hier
S.62 kurz vorm einschlafen #1
S.63 eine späte 90s frühe 00er erotische phantasie
S.64 ich les noch etwas
S.65 masturbation ist wie single player modus
S.66 besuchen kommt von suchen
S.67 honey i know i know times are changing
S.68 ich bin #10
S.69 du machst pläne das leben quarantäne
S.70 naturkatastrophe in zeitlupe
S.71 angebot und nachfrage
S.72 bitte halt die klappe
S.74 melancholia
S.75 marlon brandung
S.76 bei papa
S.79 ich bin #7
S.80 ein guter moment (serviervorschlag)
S.81 fucked
S.82 ch4turb4te
S.83 8000er

S.86 babuschka
S.87 reichenberger straße
S.88 message an future me
S.90 feelings in heringsdorf
S.91 ich bin #2
S.92 neu (#1)
S.93 tik tok
S.94 letzte sommernacht
S.95 mein rapper name wäre „lil lie"
S.96 srrr srrr
S.97 hast du meine nachricht bekommen #7
S.98 der deal
S.101 was bleibt
S.102 goodybe #1